사유
에세이

적어도 인간이길 희망한다면
삶에 대해 "사유"해 보아야 한다

여행
그리고
인연

최윤덕 지음

사유
에세이

바른북스

펜을 놓은 지가 몇 년쯤이나 되었는지 기억조차 가물가물하다.

마치 글쟁이의 넋두리 같겠으나 오해하지 마시라. 펜을 놓았다는 것은 일기 쓰듯 가볍게 메모해 온 것들에 지나지 않으니....

난장이다. 메모지들이 뒤죽박죽 정리되지 않은 채 이리 섞이고 저리 섞여 내가 메모해 둔 것조차도 헷갈리길 여러 번이다.

때는 폭염이 기승하는 8월이다

아무리 산속이라 하나 바람이 없으면 집 안이든 밖이든 마땅히 쉴 곳조차 없다. 2013년 아마 내 기억으로도 역대 최고급의 더위가 아닌가 싶다.

평균 한낮 기온이 37도를 오르내리고 있으며 새벽 시간대에도 27~28도를 유지하고 있으니 사람이든 짐승이든 고생 아닌 고생이다.

집에 동거(?)하고 있는 냥이(덕길이)와 뚱따, 머털이, 깜이(이들은 모두 강아지)도 하루 종일 그늘에 들어 나올 생각조차 없다.

식욕도 떨어지는 듯 하루에 두 바가지씩 먹어대던 사료도 이틀에 한 바가지꼴이니.... 어쩌랴!

참아야지. 이 또한 지나가리니... 낄낄낄.

낄낄낄, 나의 이러한 웃음소리를 대단히 추켜세워 주던 "그니"가 생각난다.

낄낄낄이란 웃음은 영혼이 맑아야 나올 수 있는 웃음소리라는 것이다. 고로 나의 영혼이 맑다는... 순수하다는... 낄낄낄 농담이고 단지 잘 웃는다는 의미 정도이겠다.

낄낄 당신의 영혼은 나보다 100배쯤은 더 순수하고 맑은 것 같소. 세수 80 전에 이미 신성에 들었으니 그 오랫동안 순수의식 상태에 머물고 있는 그대의 초월의식이야말로 아름다운 영혼의 소유자가 아니라면 어찌 상상이나 할 수 있었겠소 낄낄. 여튼 이만하면 당신의 추임새에 조금은 보답이 된 듯하오 낄낄낄.

어찌 되었든 그대와의 인연은 내 삶의 전부였다 해도 과언이 아닐거요.

그대를 통해서 삶의 신비를 체험할 수 있었기에 입에 발린 아부가 아니라 진정한 아부(?)로 감사함을 표하오!

삶은 그렇다.

인연이다.

인연"을 통해 나의 길"이 정해지기 일쑤다. 물론 선택"이란 숙제가 남는다.

단 한 번의 선택으로 운명은 뒤바뀐다. 나의 선택에 찬사를 보내며 나를 이끌어 준 당신에게 무한한 감사를... 꾸벅(30년 인연 처음으로 꾸벅"해 본다. 그 없는 자리에...)

'나'를 찾는 길

용기, 긍정, 사유, 귀 기울임

이것들은 진리에서 통찰에 이르는
작은 과정에 불과하다.
그러나 이 과정은 매우 중요하며
그대 내면세계로의 여행에 있어
길라잡이가 될 것이기 때문이다.
아마도 그대의 책상 한편에서도 발견되리라.
물론 도서관에 가면 무수히 발견될 것이다.
주목하라.
집중하라.
생각의 변화를 두려워 말라!

목
차

벌거벗은 신부 무위

그는 노자"를 사랑했으면서도 예수"의 삶에 지대한 관심을 표현한다. 그의 저서(《세상의 모든 사랑》,《세상의 모든 기쁨》등)에서 사랑"이란 단어가 수백 번 되풀이되는 것만 보아도 그가 얼마나 예수"의 삶에 가치를 두었는지.. 그리고 사랑"을 말하려 했는지.. 짐작할 수 있다.

노자"의 무위적 사상과 예수의 사랑, 붓다의 자비"가 그 지혜를 달리하지 않기 때문일 것이다. 이들의 가르침"은 모두 한곳만을 지향하고 있음이다. 그곳이 어디이겠는가? 깨달음" 그곳이다.

여기 그의 글 몇 토막을 소개하고자 한다.

| 사랑만이.. 무위

사랑하는 사람의 눈에는 사랑만이 보인다.

그는 폭력을 보아도 사랑하지 못하는 안타까움의 표현이요, 무관심을 보면 사랑 없음에 대한 한탄으로 미움은 사랑을 반대로 표현해 보는 장난으로 본다. 이때 사랑을 보고 놀라는 현상이 신비"인 것이다, 그는 세상의 근본 원리도 사랑이요 온통 세상은 사랑으로 물결치고 있음을 본다. 그런데 이 사랑의 화살이 좀처럼 당겨지지 않는다는 점이 문제다. 일단 당겨지면 상대는 무조건 사랑스럽고 아름다운 것이다. 어느 한순간 사랑에 사로잡히는 것도 우리에게 주어진 자연의 큰 선물이다. 만약 항상 그런 사랑이 주어진다면 그는 신"이라고 불러도 좋을 것이다. 그의 삶은 늘 놀라움의 연속이다. 사랑만 보이기 때문이다. 우리는 애인이 자기를 사랑하는 것을 보고 놀란다. 자신을 보면 사랑받을 가치가 있는 인간이라고는 생각할 수 없기 때문이다. 그러나 이 때문에 걱정할 필요는 없다. 이는 나의 가치와는 무관한 것이 사랑이기 때문이다. 오히려 그 사랑이 나를 가치 있는 인간으로 만드는 것이니까....

사랑을 아는 사람은 세상의 온갖 부조리와 고통도 사랑을 감추기 위한 눈속임임을 안다. 여기에 속아 넘어가지 않기 위해선 자기 안의 사랑의 불씨를 끄지 않도록 해야 한다. 비교와 경쟁을 일삼는 생활이나 자신을 억누르거나 비참에 빠지

게 하는 따위는 사랑의 불씨를 꺼지게 하는 방법들이다. 그
것이 사랑이라면 열심히 쫓아가고 사랑이 아니라고 생각되면
무조건 피해 가는 것이 길이다. 아무튼 계속해서 사랑의 불씨
를 살려가다 보면 큰불로 자란다. 이후엔 사랑만이 존재한다.

| 진리"가 사랑이다, 무위

　우리는 사랑하면 존중해 주고 인정해 주고 감싸주고 받아
주고 보호해 주는 것으로 알고 있다. 마음의 눈으로 보니까
그런 것이다. 이들은 모두 마음이 원하고 있는 것들 아닌가.
마음이 이들을 사랑이란 단어에 연관시켜 놓은 것이다. 사실
을 말한다면 사랑은 진리"다. 있는 그대로를 드러내는 것이
다. 그래서 사랑만이 평화를 가능하게 한다. 그러니까 숨기거
나 감싸주는 것은 사랑이 될 수 없다. 추켜세우고 칭찬하고
격려하는 것이 사랑 아니긴 마찬가지이다. 사람들은 멋모르
고 사랑이란 말을 사용하길 좋아한다. 사랑은 거짓에 물든
사람이 환영하거나 좋아할 성질의 것이 못 된다. 모르니까 반
기는 것이다. 이것이 사랑에 눈뜬 사람들이 세상으로부터 핍
박받고 환영받지 못한 이유다. 그러나 결국 사랑은 진리"이기

에 행복과 자유와도 연결되어 있는 것이다. 내가 누구인가를 눈뜨게 해주는 것만이 사랑인 것이다.

| 사랑은 호흡과 같은 것, 무위

참사랑이란 자기사랑 없이는 불가능하다. 자기사랑의 시작은 구도"로부터 출발한다. 참나"를 찾는 내면으로의 여행이 명상이다. 석가모니불은 무아"를 참나"라고 한다. 남녀 간의 사랑은 사랑이기보다는 성애 또는 정이라고 해야 한다. 사랑이 점점 자라면 이웃, 더 나아가 만나는 모든 사람을 사랑하게 된다. 그러다가 이 사랑은 자신의 마음에 들지 않은 사람은 물론 원수에게까지 뻗치게 된다. 예수가 원수를 사랑하라"고 한 것은 바로 자신의 상태가 그렇기 때문이다. 이 사랑은 결국 동식물은 물론 광물, 나아가 우주 전체에 이르게 된다. 우주 전체와 사랑을 주고받는 상태를 깨달았다고 하며 그런 상태에 있는 사람이 깨달은 사람이다. 붓다가 우주와 주고받는 호흡과 같은 것이 사랑이요 자비다. 그러면서 붓다는 우주와 희열과 지복을 교환한다.

| 불감위천하선, 무위

이는 노자가 자신의 상태를 나타낸 말이다.

누가 에고"를 버린 자인가.

자신이 잘났다는 생각을 조금도 하지 않는 사람이다. 기독교에서 말하는 거듭났다는 사람들이 에고를 버린 자인가? 에고를 버린 자란 다음 세 가지는 기본적으로 가진 자이다. 그들이 조건 없는 사랑을 지닌 자인가를 우선 살펴보라. 이들은 모든 이를 섬기는 사람으로 산다. 그리고 자신의 자리를 제일 꼴찌자리에 둔다. 불감위천하선"이 그것이다. 잘난 사람이란 느낌이 조금도 들지 않아야 한다. 노자는 마지막으로 모든 사물을 소중히 여기는 절제와 검소"의 자세를 든다. 자비, 겸손, 검소가 에고를 버린 자의 자세인 것이다. 이것이 노자가 말하는 삼보"이다. 나는 사랑, 감사, 기쁨, 세 가지를 든다. 정태기 목사는 파장이 잔잔한 사람일수록 신에 가까운 사람이라고 말한다. 마하리쉬는 침묵의 정도로 그 사람이 얼마나 존재의 중심과 가까운가를 알 수 있다고 말한다. 오쇼에게는 두려움이 없음이다.

벌거벗은 신부전

당신은 벗었네요. 그것도 홀라당 벗었네요.

빤스 한 장 걸치지 않은 당신의 영혼은 저 하늘 한 점 구름 되어 훨훨 날고 있구만요. 아마도 기억하시겠지만 춘천댁과 세나(특히 세나는 당신이 떠난 지 일 년이 넘은 지금도 매일 당신 꿈을 꾸며 우리 신부님 우리 신부님 한답니다), 세나의 변죽을 울리는 춘천댁도 가끔 통화를 할 때면 당신이 그리워서 그리워서 목소리가 온통 슬픔으로 젖읍디다. 아니아니 낄낄거립디다. 내가 알기로 두 모녀는 가장 짧은 인연이었음에도 그리 깊은 정과 이해가 들어 있음을 알겠습디다.

참 복도 많으시우.

올해는 유난히도 복숭아꽃이 앞, 뒤뜰에 가득입니다. 내가 외롭지 않은 것은 생전에 당신이 그리 좋아했던 산복숭아꽃이 함께하고, 춘천댁 모녀와 함께 몇몇 벗님들이 함께하기에 그대 떠난 허전함을 덜어내는 것 같습니다. 아~ 무지무지 슬픈 것 같다ㅠㅠ.

현자는 사후에야 성자로 불린다

인간은 결코 살아 있는 신을 원하지 않기 때문이다. 신은 죽어 있어야 인간의 잣대로 신을 꾸밀 수 있다. 신이 생존한다면 인간은 결코 자유로울 수가 없다. 신은 두려움이기 때문이다. 인간은 완전한 존재성을 갖추지 못했다. 원초적 죄인(?)이기 때문일 것이다. 따라서 신이 곁에 있다면 인간은 몹시도 불편할 것이다. 인간의 잣대로 세운 신의 모습이며 인간의 상상으로 만들어진 신의 의식이기 때문이다. 신의 몸과 마음이 인간과 같은 것이다. 따라서 그는 분노하고 질투하며 상과 벌을 다루리라 생각한다. 왜 인간은 신을 두려운 존재로 만들어 놓았는가. 적어도 신은 인간보다 강해야 하며 전지전능해야 하기 때문이다. 그래야 그 앞에 무릎을 꿇어도 부끄럽지 않기 때문이다. 인간의 자존심은 한없이 강하며 한없이 약하다. 따라서 신은 인간 위에 존립되어야 한다. 인간의 자존심상..... 이것이 현자(깨달은 자)가 사후에야 성자로 불리는 까닭이다.

그대가 원하는 것은 내가 버리는 것
그대가 버리는 것은 내가 줍는 것

그대가 원하는 것은 부와 명예 등 세상사에 드러낼 수 있는 삶일 것이다. 그대가 버리는 것은 세상사에 별 도움이 되지도 않을 것 같은 지혜 구하기, 진리 밝히기, 사랑, 자비 등일 것이다. 내 삶이 잘못되었다고 느껴질 때는 신 앞에서 잠시 속죄하면 간단히 해결될 것을 무에 인생을 걸고 그 재미없고 지루한 수도자(?)의 길을 선택하겠느냐...는 지극히 귀여운(?) 발상이 아닌가?

그대들의 생각이 100번 맞다. 잘 먹고 잘 살겠다는데 뉘라 뭐랄 수 있겠는가? 그러니 그대가 원치 않는 것이고 내다 버릴 수 있는 것이다.

가져봐야 얼마나 갖겠으며 죄를 지어봐야 얼마나 짓겠는가. 인간의 한계상...

두려워할 필요는 없다. 어린이"에서 어른이"로 성장해 가는 과정일 뿐이다. 그러나 스스로도 감당하지 못할 만큼의 실수(?)는 저지르지 않으려는 노력이 꼭 따라야 한다.

세상이 재미있는 것은 버리는 이가 있다면 줍는 이도 있다는 것이다. 그는 누구인가? 진리를 주워 사유의 바구니에 담아놓는 자들일 것이다.

언젠가 때가 되면 적어도 그대의 눈과 귀가 열릴 때 그는 사유의 바구니를 열어 그대에게 보여줄 것이니.......

무명

이름 지어진 것은 구속"을 낳는다
이름 지어진 것 속에 구속"이 있기 때문이다
무명"으로 놓아두어라
오직 무명"만이 집착으로부터 벗어날 수 있으니.....

봄볕 머무는 창가에서

아직 봄 햇살 가득 머금진 못했지만

찬 바람 머무는 창가에

이른 아침 해 반가워

커튼을 걷었다네

3월

아직은 서리 머금은 햇살일지라도

내 가슴엔 이미 가득한 봄이 아닌가...

봄은 거듭남이요

봄은 부활이다

그대의 봄에 햇살이 가득 부어지면

오호라 정녕

이 겨울에도

노래 부를 수 있으리.....

사랑탐구(하나)

아름다운 소설을 읽으면
아름다운 음악을 들으면
아름다운 이야기 한 토막을 들으면
우리는 눈물 콧물을 마구마구 닦아내야 한다
그대가 사랑"이 아니라면 어찌 이와 같은 일이 벌어질 수
있겠는가
그대는 사랑으로 이루어진
아름다운 사람이라네...

사랑탐구(둘)

미움도 사랑일진대
미운 정"마저 내려놓으면
그대가 아파 어찌 살려는고....

사랑탐구(셋)

사랑!

그것 너무 흔하다 보니

자기"가 사랑인 줄 모르는 고녀...

천재지변

지혜로운 이는
땅을 일궈 베개 삼고
어리석은 이는
하늘을 일궈 베개 삼으려 하네

구걸

세상은 걸인투성이다.

구걸만이 생존의 수단이 되어버린 듯 열을 올려가며 구걸을 하고 있다. 날 알아봐 달라는 것이다.

나의 인생에 나의 교회에 나의 사원에 무언가 도움이 되어 달라는 거다. 나의 잊혀짐이 그렇게도 두렵다는 말인가. 밥 세 그릇 먹기가 그리도 힘들던가. 구걸문화(?)를 또 하나의 정서"로 받아들이는 건 곤란하다.

구걸의 다른 말은 거지다.

그대의 명함 뒤에 거지"를 붙여보라!

만연된 구걸문화 속에 인성"이 뿌리 내리기는 어렵다. 인성이란 그대의 자존심이며 자존감이다.

인성을 잃지 않도록 노력해야 할 것이다.

거래

모든 인간관계는 거래"다.

다분히 삭막하고 차갑고 정떨어지는 표현이다.

세상은 거래를 통해 이루어져 왔고 거래를 통해 발전해
왔다. 그러나 왠지 거래란 이 한마디가 마치 감기라도 걸린
듯 마음 한편이 찝찝하고 먹먹해지는 것은 아마도 우리네 가
슴에 진한 정"이 묻혀 있음이 아닐까?

참으로 정 많은 민족, 정으로 살아온 민족 그래서인지 거래
란 말은 왠지 우리 민족과는 어울리지 않을 것 같은 낯섦을
준다. 그러나 부모와 자식 관계도 스승과 제자 너와 나의 관
계마저도 거래가 아니 될 수 없는 운명 속 운명, 비록 그 비루
한(?) 거래 관계 속에서도 작은 정만은 남겨두려는 우리네 모
습이 코끝을 찡하게 만든다.

정이 먼저요 덤이 먼저인 이 소박한 세습이라도 지켜내려
는 이들이 있어 오늘 하루도 즐겁다.

어느 장터에서!

그대가 행복하다면
나 또한 행복하지 않겠는가

삶은 이와 같다.

혼자 가질 수도 혼자 살아갈 수도 없는 것이 세상이다. 서로가 기대어 하루하루를 일궈가는 것이 소박한 우리네 삶인 것이다.

소박함 속에서 행복해하고 감사하며 눈물 훔치는 정이 있다. 사랑이라 불러도 좋을 것이다.

행복은 서로 믿고 의지하는 데서 시작된다.

가족이 그렇고 친구가 그렇다. 사회와 국가가 그렇다. 상대를 기만하는 것은 자신마저 속이는 어리석은 행위다. 상대에게 고통을 주는 것은 자신도 고통을 받겠다는 뜻이다.

배려와 이해는 서로에게 행복의 문을 열어주는 길이 아닐 수 없다.

그대가 행복해야 내가 행복하지 않겠는가?

사랑하는 사람 앞에선
바보가 되세요

사랑하는 사람 앞에선 바보가 되세요

사랑은 조건 없는 베풂이기 때문이지요

또한 순종이기 때문입니다

사랑함에 있어 배려가 따르는 것은 나"보다

그대"가 우선이 되기 때문입니다

그대의 우선"은 나의 평화입니다

나의 평화는 당연히 당신의 미소"가 될 겁니다

사랑은 줄다리기가 아닙니다

내가 당신의 바보가 되고

당신이 나의 바보가 되고...

그리하여 순종은 서로의 거름이 되어주는 겁니다

또한 그대가 바보(텅 빔)가 되었을 때 존재계(사랑)는 가슴
을 열 것입니다. 왜냐하면

그(존재계)도 바보이기 때문입니다..

선택의 자유

해도 되고 안 해도 된다면
그대가 좋아하는 쪽을 선택하라
무엇을 선택하든 그것이 그대의 삶이다
그리고 선택은 바로 그대"인 것이다
책임이 따르기 때문이다

고문의 계절(?)

 우리 부부는 여름을 "고문의 계절"이라 부르기로 했다. 해를 거듭할수록 고문(?)의 강도가 점점 높아지고 있기 때문이다.

 강력한 태풍에 이어 폭우가 몰아치면 며칠이고 몇 번이고 집을 떠나 있어야 함은 물론 장마가 끝난다 해도 전후로 이어지는 찜통더위에 몸살을 앓고 있다. 더욱이 전기가 부족한 이곳에서 에어컨은 꿈도 못 꿀 일 ㅠㅠ 그저 참고 인내할 수밖에.

 이 또한 지나가리니 어쩌고 하면서.

 엄살을 떨면서도 20년이 훌쩍 넘도록 잘도 버텨(?)오고 있다네 ㅎㅎ.

 버텨오고 있다"는 표현은 이제 나도 늙었다(?)는, 즉 꼰대"라는 증거가 아닐 수 없으니 쩝쩝.

 사오십 대 조금 더 젊었을 때는 이까이 거 신경도 안 썼더랬다. 태풍도 뚫고 달려갈 기세였으니 말이다. 기세도 꺾이고 객기마저 꺾인 작금에야 에그 무시라! 하면서 일찌감치 보따

리 싸 들고 동네여관으로 친구집으로 피난살이 다니는 지혜
(?) 열렸으니 이 또한 감사한 일이다.

이 모든 것들이 지구 온난화의 영향이라니(뻥이 좀 섞인 것
도 같은데). 우리부터 아나바다(아껴 쓰고, 나눠 쓰고, 바꿔 쓰고,
다시 쓰고 맞남 유?)

운동을 실천해야겠단다.

마눌님 말쌈이 곧 길이요 진리요 생명임을 나는 안다 ㅋㅋ.

분리수거 재활용 등을 열심히는 아니나 좌우지간 노력하
고 있다.

우리라도 절제해야 지구촌이 숨을 쉴 것 아닌가 하는 기특
한 마음으로 낄낄.

길

사람은 제 길로 가야 한다
그 길이 제 길이 아닐지라도
사람이라면 사람의 길을 가야 한다

재난방송

날마다 전해지는 지구촌의 재난들

산불 홍수 지진 끔찍한 일들이 어제도 오늘도 계속되고 있다. 매일이 비명을 아니 지를 수 없는 날들의 연속이다.

너무 늦은 건 아닐까?

하루가 멀다 하고 전해지는 지구촌의 재난들은 이미 우리에게 충분한 고통과 슬픔을 전해주고 있다. 너나없이 오늘도 이곳저곳 뛰면서 인명을 구조하랴 산불을 진화하랴 생사를 건 하루를 보내고 있다. 언제나 힘겨운 건 서민들의 몫이다.

참으로 묘(?)한 세상이다.

세상이 묘(?)해지다 보니 서로가 피 튀기게 경쟁하는 것이다. 정작 대기오염에 큰 몫을 차지하는 건 세상의 권력자들 아닌가?

그 뒤치다꺼리는 불쌍한 서민들 몫이고... 쩝쩝.

대재앙(1)

하늘과 땅과

모든 생명체와 무생명체들까지

무지막지한 인간의 탐욕 앞에서 두려움에 떨고 있다. 이제
는 그대들의 소중한 것들을 잃을 차례다. 모두 잃을 것이다.

그대는 슬픔을 느낄 겨를도 없다.

극심한 고통은 그대의 감정마저도 마비시킬 테니까....

뿌린 대로 거두리라...

대자연을 농락한 잘못이 너무도 크다.

철부지 어른(?)들의 철없는 행태들이 이 아름다운 지구촌
에 대재앙을 불러들였으니... 오-

누구를 탓하리, 너와 나 또한 미운 일곱 살인걸.....

대재앙(2)

사람도 아닌 자연계

즉, 존재계를 상대로 거래(deal)를 한 멍청한 종자들, 이 멍청·무지한 종"들이 있어 인류의 터전인 이 지구촌에 대재앙을 불러들였다.

별도 달도 눈을 가리고

비와 바람과

하얀 눈과 맑은 이슬과 푸른 숲과 계곡조차도

인간과 눈을 마주치려 하지 않는다.

산과 들을 뛰노는 뭇 짐승들과 하늘을 나는 뭇 새들과 오대양의 생명들과 땅속의 지렁이들마저

인간과의 이별을 준비하고 있다.

신"조차도 인간 곁을 떠나지 않을 수 없다.

지구촌에 가장 어리석은 인간이란 종(?)을 풀어놓았기 때문이다.

멋진 글

억지로 마음을 바르게 가지려 하지 말라!
억지로 마음을 비우려 하지 말라!
억지로 마음을 기르려고도 하지 말라!

맹자(호연지기를 키우는 법)

영광이 없는 길

"이 길 위에는 동무가 없으니 늘 외로우며
화려하지 않으니 찾는 이조차 없다.
때로는 무릎이 깨져 피멍이 들어도
동정은커녕 질시의 눈초리만 번득인다
그럼에도 이 길을 선택한 것은 이 길만이
눈에 띄었기 때문이다"

"이 길 위엔 영광이 없으니
왔다가 돌아서고
돌아가서는 대못을 박는다.
고로
이 길 위엔 사람의 길이 없다"

삶이 아름다운 것은!

그대가 슬프기 때문이다
그대의 슬픔은
너의 고통으로 인한 나의 슬픔인 것이니
그것은 사랑이다

삶이 아름다운 것은(1)

그대가 바보이기 때문이다
바보는 세상을 오염시킬 줄 모른다
모르는 것이 지혜"임을
그대는 모르고 있을 뿐.....

삶이 아름다운 것은(2)

눈물 고인 그대의 눈망울이 있기 때문이다
내가 울지 않으면
세상엔 눈물이 마를 것이다
메마른 세상을 위해서 눈물짓는 그대가 있어
삶은 아름답다
이 또한 사랑이다

행복에 겨워 투덜대는 것이 옳다

아프니까..

가난하니까..

비교되니까..

어느덧 주둥이는 툭 불거지고

눈물은 글썽글썽

낄낄 귀엽고 귀엽다

그래서 행복한 거다

투덜댈 수 있어서 행복한 거다

행복은 아픈 거다

행복은 가난한 거다

그리고 또 하나의 행복은 고독한 거다

참용기란 진정 낮은 것이다.

*

스스로를 다스리지 못한다면

삶은 그의 등 뒤에 머물 것이다.

*

어리석음은 그대의 작은 욕심에서 비롯된다.

사랑받지 못한 이는 사랑할 줄 모른다.

*

사랑"을 잃은 자는 인성을 잃은 것이다.

인성을 잃은 자는 독사가 이슬을 마신 것과 같다.

*

교만이 앞서면 배려심"을 잃고

배려심"을 잃으면 신의"를 잃는다.

어찌 참벗이 있을 수 있겠는가?

호기심 때문에...(인도 라다크)

여러 차례 인도 등 나 홀로 배낭여행을 즐겨(?)온 지도 20여 년이 넘는다. 물론 대부분의 여행지가 아시아권이었으므로 그리 많다고는 할 수 없다. 아무래도 경제적 부담도 적은 데다 다양한 문화, 종교를 경험할 수 있으니 그 유혹이 어찌 작겠는가..? 한편으로 나의 체질(?)은 도시가 정비된 선진문화권보다는 야생이 살아 있는.. 더불어 순수의 정이 살아 있는.. 오지 여행에 조금 더 관심이 많다는 것이다.

여튼 지난해(2023년) 6월 코로나19가 웬만큼 끝을 보이던 즈음해서 두 친구와 더불어 라다크(인도)주의 레"를 여행하게 되었다.

인도와 네팔은 족히 10여 차례 이상 여행을 했음에도 항상 놓치고 마는 곳이 라다크주의 레"이다(이곳을 항공편을 이용하지 않고 육로로 접근할 수 있는 시기는 6월에서 9월 사이라야 가능함). 예전에 나의 여행 시기는 거의 1월에서 3월 사이였으므로 그 시기에 라다크에는 눈이 쌓여 있어 육로로는 접근

자체가 불가능한 지역이므로 매번 다음을 기약할 수밖에 없었고 지난해 6월에서야 두 친구와의 동행이 이루어져 "도전" 라다크"를 하게 된 것이었다.

아무래도 배낭여행 경험이 많은 내가 앞장을 서야 했고 라다크 여행이 만만치 않음을 설명해 주면서 1개월의 대장정(?)에 오른 것이다.

결론부터 말하자면 다행히 큰 사고 없이 코로나19에 감염된 줄도 모르고 무사히(?) 여행을 마치게 되었다는 사실... 낄낄 다행이었다네...

아무래도 팬데믹 기간인지라 입국서류도 조금은 까다로웠으며 출국 시간에 맞춰 입국서류를 작성하느라 살짝 가슴을 졸이기도....

다행히 막내(셋 중의)의 땀으로 무사히 출국장을 통과 약 8시간 후 인도 뉴델리 입국, 짝짝짝..

파하르간지(소위 한국인의 거리라 불림) 입성! 추카추카, 여장을 풀고 휴대폰 등을 점검(혹시 모를 미아발생(?)의 예방차원에서... 낄낄).

에어컨 빵빵 돌아가는 시원한 호텔에서의 1박 쐬주 곁들여(이 맛에 여행한다 해도 과언은 아님)... 이튿날 암리차르까지 기차 이동(이곳은 자이나교의 성지이며 아름다운 황금사원으로 유

명하다). 역시 이곳에서 1박, 당근 쐬주와 맥주로 하루를 마무리 함, 다시 이튿날, 암리차르에서 스리나가르까지 국내선으로 이동(스리나가르 역시 옛 독립왕국으로 무지무지 아름다운 호수가 있음), 도착 후 짐을 풀고 잠시 여정을 멈추었다.

일부 고약(?)하기 그지없는 호수의 배꾼들과 적지 않은 실랑이를 벌여가며 즐거워야 할 뱃놀이가 그만 시들해지기도 하였으나 이 또한 여행의 과정(?)으로 치부하고 잠시 숨을 고를 수밖에...

이곳을 경유하는 이유 중 하나가 "예수의 무덤"을 찾아서"였으므로 추가 정보를 수집하여 다음 날 "예수의 무덤"으로 향했다.

다행히 호텔에서 그리 멀지 않은 곳에(지명은 기억 못 함, 스리나가르 중심 주변) "예수의 무덤"이 있었고 무위(벌거벗은 신부) 살아생전에 함께 둘러보자던 약속은 나와 두 친구가 대신 이루게 되었다.

당신의 저서 《세상의 모든 사랑》을 예수의 무덤(작은 건물 안에 안치되어 있음, 주변 상황으로 보아 관리자가 있어 보임) 앞에 헌정(묵상과 함께)하는 것으로 일정을 마치고 라다크로 향할 차량과 약간의 간식 등을 준비함(**스리나가르에 있는 예수의 무덤에 대해선 시시비비가 얽힌다. 기록이 전무하고 여러 가지 종교

적 상황에 얽혀 있기 때문으로……). 그러나 개인적으로는 이곳의 예수 무덤이 가장 진실에 가깝다고 생각되는 것은 십자가 처형 이후 부활까지의 기록은 예수가 죽기 직전 십자가에서 내려져 그곳을 빠져나왔다는 것이며, 파키스탄을 넘어 스리나가르까지의 이동 가능성을 열어둔다면 말이다.

여튼 그곳에서의 풍문은 그는 결혼했으며 자손들도 있는 것으로 전해진다.

스리나가르에서 레"까지의 3박 4일, 이 시기에 팬데믹(코로나)으로 인하여 대중교통은 일절 사라지고 오직 대절차량만을 이용해야 했기에 경제적 부담은 늘었으나 한편으론 우리들만의 오붓한 여행이 될 수 있었던 것도 사실이다.

주로 산악 지역을 이동하는 코스이므로 수시로 펼쳐지는 장엄한 주변 환경에 경탄해 마지않으며 stop stop을 외쳐가며 사진을 담아내기에 더없이 훌륭한 대절차량과 운전기사가 아니었나 싶다. 6월에 보는 히말라야의 속살, 빙원, 산머리에 담뿍 안고 있는 만년설, 그 눈이 녹아 초원을 적시는 빙하수, 당나귀(여행자들의 트레킹 수단), 때가 꼬질꼬질한 원주민 꼬맹이들, 이 코스를 통과하는 동안 적어도 하루에 10번 이상 기절하고픈 히말라야의 속살들이다.

목숨이 두 개라도 삼간다는 죽음(?)의 코스라 불리는 스리나가르-레 구간, 여행자들의 암묵적인 시사에 걸맞은 그야말로 걸맞은 난코스 중의 난코스인 반면에 어쩌면 세상에 다시없는 풍광을 간직한, 그래서 질투가 마구마구 일어 이 구간으로의 여행을 말렸는지도 모를 일이다.

아슬아슬하며 짜릿하고 창밖을 내다보기가 두려우리만큼 아찔하고 쾌감 넘치는 평균 고도 4,000m급의 봉우리를 끼고 수백 미터가 넘는 계곡 위를 그야말로 곡예하듯 덜컹거리며 질주하는(걸어가도 무시무시..) 우리의 렌터카..

이름은 기억 못 하지만 작달막한 키에 야무져 보이는 스리나가르인 기사는 자동차 핸들은 왼손에 맡기고 휴대폰 통화에, 운전조작에, 것도 모자란 듯 음악에 맞춰 어깨춤까지도 둠칫둠칫 곁들이는데 창가에 자리 잡은 친구는 기절 직전이란다.

아무래도 너무 위험해 보여 갓길로 차를 세우라 하고 10분간 휴식, 수천 길 낭떠러지 끝에서 내려다보는 아찔한 계곡, 한 발짝만 잘못 디뎌도 으악, 수색조차 불가능해 보이는 시커먼 골짜기, 그럼에도 사진은 찍는다, 낄낄.

그렇다. 누군가는 이곳에서 이러한 경험을 했으리라. 그러니까 이 코스를 마의 구간이라 했겠지...

그렇다고 마냥 두려운 구간만은 아니다.

가끔(?) 그런 구간을 지날 때뿐...

전체적으로는 무지무지 아름다운 히말라야의 속살이며, 오랫동안 기억에 남을만한 구간인 것이다. 또한 고원평야는 어떠한가?

4,000m가 넘는 고원에 평야라니...? 풀 한 포기 없는 사막(?)이라니...? 놀라움의 연속이다.

고산을 넘으면 몹시 추울 것으로 상상될 것이다.

그러나 이 이름 모를 히말라야 한 귀퉁이에서는 사막의 모래바람이 거세고 폭염까지 극성이다.

돈 더 줄 테니까 에어컨 틀어라! 낄낄 에어컨이 없단다. 일제 도요타 SUV인데도(고산 지대라 아예 에어컨을 떼어버린 것 같다. 이후 여러 주변 지역에서도 에어컨 사용은 계속 불가능했다)...

모래바람이 거세어서 창문을 열지도 못했으며 찜통 속에서의 고산 드라이브라... 쬐금 힘든 구간이었다네.

약 1시간 정도 지나자 다행히도 씨원한 하이웨이가 나타나며 비포장도로에서의 엉덩이 근육 단련은 끝난듯하다.

아마도 5,000m는 넘었으리라는 추측, 수시로 미터 체크를 해본다.

이곳에서부터는 포장도로다. 굽이굽이 히말라야를 휘돌아

파키스탄을 샛강 건너에 두고 내달리는 기분 또한 마치 신세계에 들어선 듯 감회가 깊다. 잠시 휴게소(?)에 들러 콜라 한 병씩 마셔가며 장장 2박 3일을 달려 도착한 라다크 레" 드디어 목적지다. 도시고도 3,600m.

전체적인 분위 는 황량함, 삭막함이 첫눈에 들어온다. 왜 아니 그렇겠는가? 고원도시이니...

사람들은 어떨까?

첫 번째 궁금증이다. 혹 거칠지나 않을는지...

우려였다. 순박했으며 친절했다.

덕분에(?) 여유를 갖고 이곳저곳을 둘러보고 시설, 가격이 적당한 게스트하우스를 얻었다. 이후에야 뻔한 얘기. 씻고 먹고 쉬고 등등등.

이곳에도 한식당이 있어 깜짝 반갑다.

주인장은 라다크인인데(라다칸이라 부른다) 한국 음식을 배웠다며 그럴듯한 한식의 맛을 낸다.

미역국, 김치찌개, 계란탕, 계란말이, 깍두기, 삼겹살 그리고 씨원한 맥주까지... 와따다.

여행 중에 한식에 맛 들이면 이후로는 현지음식 먹기가 조금은(?) 거시기하다네. 낄낄.

그러나 어찌하리 어차피 맛 들인 거 매끼가 한식으로 바뀔 수밖에... 특히 저녁 식사는 한식당에서의 만찬(?)으로.....

그렇다. 때론 한식당 만나기가 하늘의 별 따기만큼이나 어려울 때가 종종 있으므로... 만났을 때 실컷 먹어두는 거다. 먹는 게 남는 거다"는 인생선배들의(?) 가르침대로..... ㅋㅋ.

특별했던 건 이곳 한식당을 찾았을 때 제일 먼저 내놓는 것이 따듯한 차 한 잔이다. 물론 free~.

잘 배웠다. 식당의 운명은 차 한 잔으로부터.... 아니 그런가 (고산지역이라 6월에도 제법 쌀쌀하므로 따듯한 차 한 잔은 너무 반갑다)?

이건 한식당만의 특별 서비스(?)가 되시겠다.

현지인들의 식당에선 냉수도 돈 내야 한다(이들의 문화임).

낄낄 오랜만에 따듯한 물로 샤워하고 한식 먹고 맥주 마시고 무엇을 더 바라리..

그런데 머리가 무겁다. 지끈지끈 두통이 심하다.

마치 체한 것 같은 묵직함에, 약을 먹고 산책을 나갔다. 호흡이 가파르다. 코 고는 소리에 밤새 뒤척거린다.

어찌 됐든 아침은 밝아오고 증상이 호전되지 않는 것으로 보아 고산병이 왔지 싶어 동행들에게 물어본다. 증상이 거의 비슷하다.

2~3일 쉬면서 고산적응을 해야 할 것 같다.

혈관확장제를 먹어가며 상태를 지켜본다.

3일째다.

호전될 기미가 없다.

이렇게 보내다가는 모든 일정을 취소하고 마날리로 빠져야 할 것 같다(마날리: 해발 2,000m 정도의 인도 북서부의 여름 휴양지).

5일째, 호전될 기미는 없어도 상태가 더 나빠지지는 않는 것으로 보아, 머리를 맞대고 의견을 모아보았다. 이대로 떠나기는 너무 아쉽지 않은가..? 죽어도 go, 그래! 갔다 오자.. 까이꺼.. 낄낄.

어딜..? 판공초를 말함이다(판공초는 신비한 호수라는 뜻). 히말라야의 속살 가운데 하나인 4,350m에 위치한 거대한 담수호, 그 아름다움을 놓치고 돌아설 수는 없는 법, 1박 2일 정도만 머물기로 하고 차량을 수배하랴, 입산 허가서를 받으랴 등등등....

판공초까지의 여정은 5,000m급 이상의 히말라야 산맥을 여러 번 넘나들어야 한다는 점이 약간의 부담으로 다가왔으나 일단 도전해 보기로 하였다. 그중 호기심(?)이 앞섰으며 다행히 중간 숙박지가 2,000m급인 누브라밸리였다

인도와 파키스탄의 국경이 멀지 않다는 누브라밸리. 마을

은 그리 커 보이지 않았지만 판공초를 여행하고자 하는 이들의 베이스캠프 같은 곳이다.

해발고도가 낮은 덕에 호흡하기가 편했으며 오랜만에 모두가 단잠을 잔 것 같다. 두통도 덜하고 주변 환경이 쾌적한 것이 거의 7일 만에 맛보는 상쾌한 아침이다. 그리고 이 아침에 천사를 보았다는 사실이 굉장히 중요하다(이제 와 고백하지만 내가 여행복(?)은 많은 편이다). 일찍 일어나 근처를 산책하고 숙소에 발을 들여놓는 순간 눈에 띄는 이"가 있어 바라보니 너무나 순박한? 아니 순수한? 아니아니 뭐라고 표현할 수 없는, 아마도 천사의 모습이 그러하리라...

아들인 듯 두세 살 어린 아가"를 방 안에 떼어놓고 아침 식사를 준비하려는 듯 주방으로 가고 있는 그"의 모습에서, 그"의 눈망울에서, 순간 보았네라, 누브라밸리의 천사를....

아마 그 새댁(?)의 수줍음 많은 모습과 그 부끄러움 많은 몸짓은 나의 기억에 오래오래 각인되었음을... 나는 알게 되었다.

천사는 수줍음이 많으며 순수한 얼굴빛을 띠며 온몸에서 피워내는 어쩌면 바보(?) 같은 그 기운(에너지)은 천상의 빛과 같고, 그를 스치는 바람은 천상에서 피어오르는 무지개"와 같음을..... 어찌 기절하지 않을 수 있으리.. 그래서 또 잠시 기절했다네...

너무도 친절한 숙소에서의 아침 식사를 마치고 오전 9시경, 우리의 하루를 책임져 줄 SUV와(사륜구동은 아님, 계곡을 건널 때 빠져서 잠깐 긴장했음) 라다칸 기사와 함께(아이"의 생일이 오늘(?)이라는 운전기사... 아이선물 사주라고 팁(?)도 미리 주었음. ㅎ) 출발 판공초를 향하여...

산 넘고 물(계곡) 건너 꼬불꼬불 덜컹덜컹 아슬아슬, 장장 5시간에 걸쳐 헐떡헐떡 도착한 이곳, 해발 6,000~7,000m급의 히말라야 설산들이 호수를 감싸듯 안고 있는 판공초, 잔물결 하나 일지 않는 진초록의 호수 면과 이 호수가 담수호라는 것도 신비하다. 고요함에 못 이겨 슬쩍 손도 담가보고 맛도 보고(짭조롬함) 조약돌도 하나 주워 기념품 삼는 나" ㅎㅎ.

친구들은 열심히 셔터를 눌러대고... 나 또한 질세라 이곳저곳 카메라에 담아 또 다른 벗님에게 전송하고.... 간단히 점심 식사를 마치고 귀향(?)길에 올랐다. 레"까지의 귀향(?)길이 또한 5~6시간이 걸리는지라 조금은 서두른 듯... 왕복 15시간을 달려 판공초에 머문 시간은 2시간 남짓...

부족함을 못 느낀 것은 험준한 산맥 사이로 오가는 길목들에서의 아름다운 풍광에 흠뻑 젖어 있기도 했기 때문이었다. 거의 파죽이 되어 귀향(?)한 레"의 숙소. 긴 여행을 마친 후라 마치 고향에 온 듯... 편안하다.

그 이후로도 귀국 후까지 두통은 사라지지 않았으며 코로나 19에 감염된 줄은 귀국 직전에야 알게 되었으니 오호통재라.....

그런 줄도 모르고 단순 고산병으로 착각을 한 맹추들, 그 와중에도 먹을 건 먹고 마실 건 마실 수 있었으니 이 얼마나 다행한 일인가..? 약 열흘 정도의 라다크 여행을 마치고 가벼운(?) 마음으로(이때까지는 몰랐다. 또 한 번의 죽음의 레이스가 있을 줄은....) 마날리"를 향했다.

고산병에서 해방될 수 있다는... 푸른 숲을 볼 수 있다는... 그리고 약간의 과음(?)도 허락되는...

팬데믹 덕분(?)에 국내선도 운항을 멈췄고.. 어쩔 수 없이 버스로 이동하기로....

예약을 하고 오후 6시경에 터미널 도착, 정보가 부족했던 탓에 세상에서 가장 높은 곳에 위치한 하이웨이(말 그대로 고속도로인 줄 알았다네.. ㅠㅠ)라는 정보(?)를 철석같이 믿고 내심 기대감에 젖어 버스로의 이동을 추진하였다.

먼저 밝히지만 하이웨이는 그(?) 하이웨이(고속도로)가 아닌 그저 이름 그대로의 하이웨이, 즉 높은 곳의 도로"였던 것이다. 해발 4,000m를 넘나드는... 그것도 한밤중에, 비포장에.. 정녕 죽음의(?) 도로였으며, 고산(히말라야)의 추위와(초저녁부터 새벽까지..) 고산병과 장장 14시간에 이르는 험준한 산길

과 비포장이 주는 엄청난 요동(?)으로 모두가 반쯤은 기절한 상태로의 이동이었다네.... 흐휴~~~. 그런 중에도 간간이 위로가 된 것은 어둠 사이사이 드러나는 히말라야의 밤별"들과 달빛에 비치는 설산의 봉우리들이 주는 감동이었다. 아마 그마저도 없었다면 기억은 통증(?)만이 남게 되었으리라. 물론 이런 것이 여행이라..? 자위는 해본다만, 이 나이에 꼭 이렇게까지..? 다른 방법은 없었을까..? 낄낄 후회한들.. 그렇다 치고, 여튼 어찌어찌 다음 날 오전 8시경이 되어서야 그래도 무사히(?) 살아서(?)... 마날리에 도착했다네. 흐유(숨이 가쁘다).

낄낄 장하다 모두들...! 이런 기회가 아니면 언제 이런 경험(?)을 해보겠니.. 어쩌구 하면서.. 서로 위로하며 낄낄거렸다네..

그중 괜찮은(?) 호텔 찾아 입성! 추카추카.

자축하며 밤새워 먹고 마심은 물론이거니와 레"에서 동승한 일본인 처자(?) 여인(?) 아가씨(?)와 더불어 씐나게 노래하고 수다 떨며 보냈다네.. 이틀 동안.

그리고 이틀 후 쫓겨났다, 호텔에서 낄낄. 너무 시끄럽다나 어쨌다나...

오랜만의 편안함이 모두를 흥분시켰겠지...

같은 호텔에 투숙했던 몇몇 분들에게 이 지면을 통해서 사과 사과^^(사실 지나간 얘기지만 호텔은 괜찮았으나 비수기(?)여서 투숙객은 거의 없었음).

남은 일정이야 그저 그렇고 그러했으니 굳이 지면을 끌 필요가 없어 대충 정리하려고 한다.

두 친구의 첫 인도여행에 있어 너무 험난했고 기대에 못 미친 점도 많았으리라..

출발 전에 예고했듯이 만만치 않은 여행이 될 거라고 이해를 구하긴 했으나 나 역시도 코로나 감염 등 여러 요인으로 인해 정말 만만치(?) 않은 여행이었다네.. 단순한 관광목적만이 아니었으므로 좋은 추억으로 남겨두었으면 하네...들.

인도여행은 사실 조금(?)은 힘든 편이다. 그러나 그 이상의 가치를 얻을 수 있어 꼭 추천하는 바다. 12월부터 3월까지의 여행은 날씨도 좋거니와 여행객들이 많아 대중교통도 좋을뿐더러 한국의 33배에 해당하는 대륙인지라 다양한 문화, 종교 등 경험 거리가 많다. 중남부는 해변이 많아 휴양차 방문하기도 좋은 지역들이다. 넓은 대륙을 일일이 열거할 수도 없으니 직접 방문해서 좋은 경험 해보길...... 끝.

호기심 때문에..

노구(?)를 이끌고 목숨이 두 개라도 꺼려 한다는 스리나가
르에서 라다크(레)까지..

한목숨 가지고 결국 살아 돌아왔다네....

여행(?)은 목숨의 횟수가 중요한 것이 아니라

경험의 횟수가 더욱 중요하지 않을까?

또한 여행의 참의미는 얻으려 하기보다는 비우려 함이 오
히려 가치 있을 거라는 꼰대의 생각일세.

라다크 사람들

라다크" 역시 옛 독립국이었으며 물론 더 과거에는 티베트 "였다는데 지금은 중국령이 되어버린 티베트, 현재 티베트의 임시정부는 인도 다람살라에 있다. 한국의 임시정부가 중국 상해에 있었듯이... 쩝쩝.

이곳의 일부는 황량한 고원사막 지대라 의복이며 피부가 거칠다.

그러나 그들은 매우 순수하며, 친절하고 아주 잘 웃는다.

진정, 순수한 미소를 찾으려거든 라다크로 가라!!

또한 삶의 속살을 보려거든 라다크로 가라, 말하고 싶다. 관광이기보다는 그대 의식의 성장을 위해서라도....

인연

작은 꽃 한 송이

행여

거친 들짐승에게 밟힐까!

거친 고원의 바람에 꺾이지나 않을까...!

레"에서 맺은 작은 인연 하나,

그대의 길 위에

지혜"가 함께하길..

그대의 신에게 빌어본다

꽃

들짐승에 밟혀도
거친 눈보라에 꽃대가 부러져도...
그러나
밟히고 꺾일 때에
꽃은 더욱 화려하고 그 향기는
더욱 멀리 퍼지리니.....

라다칸

드문드문 작은 부락들
만년설을 이고 야크 똥을 줍는다
의복과 피부는 거칠다
손마디는 마른 장작과 같고
화장기 없는 얼굴에
검은 눈동자 하나
그리고 수줍은 미소 하나....

사유하는 것은...(1)

고민"은 인간의 숙명과 같은 거다

(고민이 깊어질수록 그대의 의식도 깊어진다네...)

사유하는 것은...(2)

이 글들은 고정관념에서 벗어나자는 말이다

의식을 성장시키는 방법을 구하자는 것이다

삶의 정체" 또는 의미"를 찾고자 함이다

개념 없는 삶에서 벗어나자는 것이다

생각이 멈추면 의식의 성장도 멈춘다는 사실을 깊이 인식
해야만 한다

진정 삶은 무엇인가? 사유를 통해서

자유"에 다가설 수 있다는...

자유"만이 인간다운 것이기에....

사유하는 것은...(3)

인간의 욕망 또는 탐욕을 잠재울 수 있는
유일한 수단은 사유(명상)를 통해서
진리"에 근접하는 것이 아닐까? 한다

사유하는 것은...(4)

실체(?)는 실재하지 않는다

(거울 속에 그 답이....)

쫀심을 일컬어(1)

쫀심에 목숨 건다.

쫀심은 나의 전부다. 고로 쫀심은 나의 생명이다.

ㅋㅋ 그렇게 쫀심이 강하다면 그대를 살리는 도구로 활용
하라.

물론 제 잘난 맛에 사는 것도 즐거움이라면 또한 그렇다.
쫀심 하나로 살아왔다면 그 또한 쫀심 있는 일이다. 그러나
그 귀한(?) 쫀심의 사용처가 끝내 자신만을 위한 길이라면
방향이 조금은 아름답지 못하다.

붓다에서 노장과 달마를 거쳐 역대의 조사"들과 예수에 이
르기까지 쫀심 없는 사람 없었고 고집 없는 사람 없었다. 단
그들의 쫀심은 사용처를 대중에게 두었고 자신의 내면에 두
었다.

그러나 그대는 자신만을 위한 쫀심이었다는 차이를 발견
할 수 있다. 나"만을 위해(나만의 기쁨?) 내세운 쫀심의 가치
는 오히려 마이너스 성장을 이룬다. 한마디로 쪽팔리는 인생

이 된다는 것이다.

　부끄러운 줄 모르는 쫀심(?)들이다.

　쫀심이 있다면 부끄러운 짓들은 피해야 한다.. 쫀심상.

　쫀심의 사용처 즉 방향을 잘 잡아야 할 것이다.

　그대의 에고(ego)가 더 깊은 수렁으로 빠져들기 전에....

쫀심을 일컬어(2)

쫀심은 나의 유전자의 우수성을 드러내기 위한 하나의 수
단으로 사용되며 사용처″에 따라 유전자의 등급이 A급인지
B급인지 나뉜다
사랑″이 있다면 예수가 될 것이요,
자비″를 안다면 붓다가 될 것이다
그러나 나밖에 모른다면..
신″으로 태어나서 노예″로 살다가
거지처럼″ 죽는다.. 이와 같다....

쫀심을 일컬어(3)

　위선을 양식으로 삼는 이들

　어찌 궁핍함이 없겠는가..?

　이들의 궁핍은 쫀심의 창고가 텅 비어 있다는 것이다. 영적
거지란 이를 두고 한 말이다...

치우침(1)

인간이라서...
지극히 인간적이라서...
인간적 삶에 젖어들었다?
성리학을, 주자학을 경전 삼아 선비의 꿈을 키워왔겠지..
선비란 치우침"에 인색해야 한다
관대함을 갖추지 않고서
어찌 선비라 할 수 있겠는가?

치우침(2)

자유와 자비의 학문이 당시에는 없었던가?
노, 장은 무위"를
붓다는 자비"를
예수는 사랑"을 말하지 않았던가?

치우침(3)

더불어 관모"를 썼으나 결국 무엇이 남던가?

아집과 위선과 어리석음...

이것은 남의 말이 아니다..

노예... 이 뭣고?

분리"의 결과는 분열이다..

너와 나

당과 당, 교회와 사원

부자와 거지,

높은 놈과 낮은 놈

본디 한 부모 밑에서 생겨난 것들도

세월이 지나면 부모를 잊는다.....

배은망덕한 종자들 같으니.. 낄낄

무제

문득

되돌아갈 수 없는 길을 너무나 멀리 와버렸다

모든 것으로부터의 끝이다. 그러나 외롭지 않은 건 삶의 끝
에서 흙을 묻혔다는 것이다

뜨락엔 국화가 한창이네...!!

선택의 자유

해도 되고

안 해도 된다면

그대가 좋아하는 쪽을 선택하라

무엇을 선택하든 그것이 그대의 삶이다

그리고 선택은 그대"인 것이다

책임이 따르기 때문이다...

화려한 지옥

금욕, 규율, 규정,
집단적 의식, 부, 명예
탐욕의 즐거움(?)

그대가 누구이든 간에 어떤 이유로든
이러한 삶 속에 속해 있다면 그대는
화려한 지옥 속에 사는 것이다..

이해

삶에 치우치지 않으며
삶을 거부하지도 받아들이지도 않는다
의식의 세계에서 무의식의 세계로 변화한다
중요한 것과 그렇지 않은 것의 차이가 없으며
더하고 덜함의 기준이 없다
더한 것은 덜한 것에서..
덜한 것은 더한 것에서...
삶은 이렇다

물

물,
물로 잉태되어 물에서 살다가
물로 돌아가는 삶의 섭리
즉, 물은 신"이며 어미"다
사랑도 물이요
이별도 물이며 꿈도 물이다
이해도 깨달음도 물 아닐 수 없다
물은 수용이 아닌가?
검은 물감을 타면 검게 되고
흰 물감을 타면 희게 된다
물속에 녹아들면 분리가 사라지니...
깨달음조차도...

무"그것은 텅 빔"이 아니라 무한함

　결과적으로 '비움'이란 것은 '무한대의 채움'의 다른 말이다. 다만 무엇을 채울 것인가? 하는 점이 중요하다. 부와 명예로 채울 것인가? 진리로 채울 것인가...? 부와 명예는 한정적이다. 진리"는 무한함으로 진리"로 채우자는 것이다.

　궁극적으로.. 진리"로의 채움은 곧 비움"이 아닌가...? 살아감에 있어 삶의 속살을 헤집어 보고, 완성된 인성"을 형성하는 데 있어 삶 속의 진리"가 함께한다면 적어도 후회는 남지 않으리라..

　나는 그대에게 "도전과 용기"를 말하고 싶다.

　세속적 삶의 유혹으로부터 한 걸음만 뒤로 물러나길... 단한 걸음 밖에서 다시 한번 삶을 들여다보길.... 그러면 찾을 것이다...

호기심

낯선 사람의 낯선 인사.

안녕하세요....

그 낯섦이 반갑다.

낯설기에 호기심이 일지 않는가..?

삶 또한 그렇다.

너무 익숙하기 때문에 지루한 것이다.

낯선 것들을 찾아서 떠나보자.

섬과 섬으로의 여행도, 해외로의 배낭여행도...

글을 써봄도, 음악을 하거나 그림을 그려도 좋으리라.. 일단 익숙한 것에서 벗어나 낯선 것에 도전해 보자. 호기심"은 삶의 활력이다. 생기가 날 것이다.

새로운 삶을 만날 수 있는 기회가 되는 것이다.

낯섦은 두렵다. 그러나 그 두려움을 극복하지 못한다면 그대에게 신세계의 빗장은 영원히 열리지 않을 것이기 때문에....ㅠㅠ

자존감(1)

자신의 정체성(?)을 잃어버릴 때

그대 머물 곳 어디일꼬....

아마

쉴 곳이 없으리라

끝내

방황 끝에서 무릎을 꺾으리라

그때에야

알게 되리니.....

자존감(2)

영혼은 메마르고

갈증은 심하다

살아온 세월의 수만큼

어둠의 터널은 빛이 보이지 않는다

무지"의 세월을 탓해본들

그 어둠이 걷히랴!

아집의 무게만큼

짓눌려진 발걸음으로

이생을 다하도록

빛은 보지 못하겠네...

아쉽다... 통재로다...

자존감(3)

스스로 주인 되어

적어도 가식 없이 살 수 있도록...

가식"은 삶의 눈 뜸에 있어

치명적 장애가 되기 때문이다

가식"은 그대의 정체성을 가리어

내가 주인인지...

가식이 주인인지...

끝내는 자신"을 잃어버리는 것이다

나"를 잃어버린 나"는 내"가 아니므로

나"라고 하는 것도 실상은 내"가 아닌 것이다

　가짜인간? 혹은 몸주가 따로 있는 제3의 인격일 수가 있는
것이다

　가식"을 벗어버림은 나"를 찾아가는 지름길이 될 것이며
그대의 자존감과 깊이 연관되어 있음을...

사랑

참사랑"은 인성"을 넘어서는 것이다.

나"는 사라지고 그대"만이 남는다.

그대"가 되어지는 것이다. (되어주는 것이 아닌) 참사랑은 인간에겐 불가능한 듯 보인다.

적어도 원수를 사랑할 수는 없을 테니까....

그러나 지자"는 사랑을 노래한다.. 참사랑의 가능성을 본 것이다.

원수를 사랑함에 있어 인성"으로서는 불가능하다. 나"는 사라지고 그대"가 되어지는 것 역시 불가능해 보인다. 나"(ego)가 남아 있기 때문이다.

나"를 버린다면 그대" 역시 사라진다. 아니 그대"조차도 사라진다.

이미 너와 나는 둘"이 아니기 때문에....

분리 또는 경계가 무너진 것이다.

사랑이라는 1차원적 관념,

그 속에 나(ego)"의 존재는 절대적이다.

들숨, 날숨마저도 나"를 자각한다.

모든 삶 속에 나"가 들어 있으며 나"는 즉 삶"이라는 공식
이 성립되어 있다.

사랑은 나"로부터의 해방이다.

나"를 잊음, 즉 무심"이다(무심"이라 함은 이해"또는 통찰"로
해석한다).

무심한 이"는 이미 사람이 아니다.

광인"에 가깝게 보인다.

이는 무의식과 통찰"의 상태로서 시공을 초월한 것이다.
"신성"이다.

* 사랑 또는 자비"라 불리우는 것들은 사랑과 자비"로부터
멀어지며 사랑과 자비를 두 번 죽이는 행위다.

무위(벌거벗은 신부)

지혜의 칼끝이 너무 날카로워

광인으로 비춰진다

그의 사랑에 대한 강설은 인성을 넘어섰다...

별 지고 난 후

큰 별 하나 뚝 떨어지다
무리 별들 흩어지다
본디 인연이 아니었으니....

그대 떠난 후(1)

별 지고 나서
장막이 걷힌다
열, 스물....
서른, 무리 별들...
모두가 장막을 두르고 있었음을
나 몰랐더라!
뚝뚝 무리 지어 떨어질 줄
나 몰랐더라!
그래도 별 그늘 아래
한 이불 덮었건만....

그대 떠난 후(2)

위선이었더라도
조금 더 버텨보지..
가슴"이 아니었더라도
조금 더 기다려 보지..
누가 아나
홀로일 때 철들 줄을...
어쩌면 그렇게
하루아침에 정체를 드러내는가?
어리석기도 하지..
솜씨도 없지..
돌아올 만남엔 내
술잔이나 사야겠네...
그것이 비록 이생의 이별주라도..

* 머리를 앞세우지 말고

그대의 가슴을 앞세움이 그대를 세우리라....

나

어느 순간부터 웃음을 잃었다
어느 순간부터 장난기가 사라졌다
어느 순간부터 눈과 귀를 닫았다
난 그와 다르다
그의 등 뒤에 있을 때는
내 입가에 미소가 떠나지 않았으나
그가 떠난 뒤
나의 자비심은 사라졌고
나의 가슴 역시 빗장을 걸어두었다

돼지에게 진주를 던져주는
수고로움을 거두리라
위선자들에게 들이부을 자비는 없다
무한한 사랑을 맛보았으니
무한한 차가움도 맛보리라...

위선

잠깐은 속일 수 있으나
결국 제 자신을 파멸로 이끈다..

절대의 지식은 진리에 가깝다

절대의 지식은 진리에 가깝다
잡다함은 잠시 그 순간을 모면할 수는 있으나
끝내 자신의 무지를 감출 수는 없다...

?(1)

존귀하다″함은

세속의 습성에 물들지 않음을 말한다

이들은 바보에 가깝다

비존귀한 이들이 보기에....

인연″을 사업거리(?)로 본다면

그대 역시 인생을 흥정하는 장사치에 불과하다

장사꾼이 천국에 들기에는 낙타가 바늘구멍을

통과하는 것만큼이나 어려울 것이다

잃어버린 자신의 존귀함을 찾아

그대의 발걸음을 돌려봄이 어떠하겠는가...?

* 인생은 흥정거리가 아니다

가꿔가며 승화시키는 것이다...

?(2)

세상은 1퍼센트의 가슴형 인간과
99퍼센트의 머리형 인간으로 나뉜다
만일 그대가 머리형 인간이라면
가슴형 인간으로의 변신을 꿈꾸어 보길 바란다
세상살이야 조금은 더 고달플지 모르겠으나
그 삶은 충분히 아름답다
사랑과 평화는 가슴에서 자라기 때문이다...

이해

말의 겉을 이해하면 지식"이 되고
말의 뿌리를 이해하면 지혜"가 된다
근원을 모르고서야
삶을 안다고 말할 수 없으니....

나"를 찾는 길

용기, 긍정

사유, 귀 기울임

이것들은 진리(통찰)에 이르는 작은 과정에 불과하다

그러나 이 과정은 매우 중요하다

이것은 그대 내면세계로의 여행에 있어

길라잡이가 될 것이기 때문이다

아마도 그대의 책장 한편에서도 발견되리라

물론 도서관에 가면 무수히 발견되리라

그대의 의식이 깨어 있다면....

주목하라!

집중하라!

생각의 변화를 두려워 말라...!

* 진리" 아닌 것이 없음을.....!

통찰

이해"가 없고서야

배가 산으로 가는지 들로 가는지 어찌 알겠는가?

지혜"란 "나"를 찾는 유일무이한 방편이다

나"를 발견하는 것...

이것은 전체"이기 때문이다...

하루의 꿈

장마 끝나고

태풍 지나고

집 앞 개울가엔 물웅덩이 맹글어지고.....

뜬구름 흘러가는

물웅덩이 바라보는 오늘도 꿈일레라...

아름다운 사람 만나

눈물이 펑펑 돌고

가을볕 아래

만상이 노래하고

홀랑 벗은 나의 살결도 눈부시고... 낄낄

오늘 하루 이만하면

꿈도 필요 없겠네.....

입이 있어도

나"는 "신"이어요

인간으로 태어난 신"이어요

나"는 선택을 할 수 있어요.

신과 악마를...

선과 악을...

누가 뭐래요

선택은 나만의 자유인걸요...

때론 악마를 꺼내어 쓰고

때론 천사를 꺼내어 쓰고

선과 악의 경계를

수시로 넘나들 수 있으니

이 얼마나 자유로운가요

물론 잘못된 책임은

비루한 이들에게 떠넘기면 되죠

상으로 돌아오는 것은

당연히 내 차지구요

누가 뭐래요?

자기들도 그러면서.....

스리나가르

호수는 맑고 평온한데

뭍에 사는 짐승은 사납기 그지없네...

산
(라다크)

멀리서 바라보는 것이 좋다

삶 또한 관조"하기에...

꽃 한 송이

님의 붉은 입술 닮았네.....

구절초 같은 여인

한곳에 피어 있지 못하누나
꽃송이 나뉘어 여기저기 흩어지면
행여 본래 모습 잃을까....

500루피
(라다크)

누브라밸리

1박의 인연

시냇물보다 맑은

5,600m의 설산보다 어린 미소,

그이는 어른이면서 소녀였다.....

길은 운명이며 인연이다

길 위에서 나고 자라고 누우니 운명이며
길 위에서 연"을 맺어 운명을 이루니
이는 둘이 아니라!
길 위에서 나"를 찾고 나"를 만난다.
길 위에 버려지는 것은 네"가 아닌 나"이며
나"의 겉"이다....

산책

엊그제는 서산의 해님이 내 앞을 달려가더니

오늘은 그 님이 내 뒤를 따라오네그려....

홀로 서는 것

천상천하 유아독존"
그대의 길이다
어차피 삶은 홀로 서는 것이다
홀로 되는 것이며
그저 홀로인 것이다
나뉘어 갈 수 있는 길도 아니오
나누어 질 수 있는 짐도 아니다
외로우리라!
고독하리라!
그러나 외로움이 그대의 길이며
고독함이 그대의 길일진저...

무제

순한 어리석음에는
천국의 문이 1/3쯤은 열려 있으나
교활함이 더한다면 천국의 문을 열
방도가 없다.....

나" 팔불출

오늘은 팔불출이 되어볼까 한다네..
사실은 예전부터 팔불출이었고 앞으로도
팔불출이길 마다하지 않을 것이다.
그만큼 김 동지(나의 각시)를 신뢰하고
사랑하기 때문이다.
그녀는 희생"을 삶의 덕목으로 삼는다.
부모에 효도하고 형제애가 두터우며
양보하기를 즐겨한다.
나에 대해서는 어떠한가...?
천상 조선시대" 여인이다.
30여 년을 살아오면서 단 한 번도 거역함이 없고
목소리 높여본 적이 없고, 덕"을 앞세워 순종하는
천사 중의 으뜸이요, 안해"의 완성본이다.
이쯤이면 일부 독자제위께서는 식상함이 도를 넘어
토를 느낄지도.... 낄낄.

그러나 그렇게 사는 것이 옳다.

그러므로 서로가 존중하고 사랑하는 것이다.

남의 말 따위야 신경 쓸 것 없다.

그들은 결코 그대의 행복을 기원하지 않는다.

질투 많고 시기 많은 못난 인간들이 의외로 많기 때문이다.

그들은 행복하지 못하다.

질투심이.. 시기심이.. 그 행복을 가로막는 것이다.

행복"이란 그저 지구촌 밖의 이야기거니... 쯧쯧.

잘난(?) 사람은 그저 혼자 살아야 한다.

(도대체 잘남(?)의 기준이 뭔가 싶다..)

가정의 평화를 위해서.. 그것이 인류애"다 낄낄.

소크라테스의 어부인께서 악처로 불리운 까닭은 소크라테스의 사랑의 부재가 그 이유일 확률이 높다(물론 이유가 있었겠지만...).

이상"을 위해서 가정"을 포기한다?

(물론 나름의 이유가 또 있었겠지...?)

어쩌면 모두를 수용할 능력이 부족했을 수도...

어느 쪽도 포기할 이유는 없다.

이상"과 사랑"은 둘이 아니기 때문이다.. 낄낄.

안해의 별호가 여럿이다.

순덩이, 칠월이

김동지, 집귀신, 멍멍이 등등

너무너무 귀엽고 사랑스러워 수시로

바꿔 부르는 별호들이다(어떻게 부르든 좋단다..). 이러니 모지리(?)라 아니 할 수 없고 모지리(?) 부부"라 아니할 수 없다 낄낄..

안해가 사랑받는 이유 중 하나가 사랑을 줄 줄 알기 때문이다.. 남김 없이, 아낌 없이..

신뢰와 배려와 나아가 조신함을 미덕"으로 살아가는 사람을 어찌 아니 사랑할 수 있겠는고..ㅋㅋㅋ, 길"은 홀로 가는 것이다.

홀로 갈 수 있도록, 홀로 설 수 있도록 서로에게

물심양면 도우미"가 되어주는 이, 성인"이라 불러도 좋으리라, 아니꼬우면 정정.. 너와 나의 성인"으로... 낄낄

그대는 어떠신가..?

님"의 걸음에 딴지는 걸지 않으시는지..

님"의 앞길에 소금을 뿌리지는 아니하시는지..

서로 잘났다고 고집 세우고, 팻대 세우고, 척(?)하다 보면 살아도 사는 것이 아니오, 삶은 거짓과 위선으로 물들 수밖에 없다.

부부의 위기가 어찌 찾아오는지.. 관심을 둘 일이다.

신뢰하라!

질투는 어리석은 자들의 몫

조금은 바보가 되어 님"을 기쁘게 할 것이며

그 기쁨에서 그대의 기쁨이 자랄 것이다.

어리석은 이들의 충고(?)는 그대와 그대의 가정

그대의 이웃, 그대의 세상을 파괴한다.

깊은 잠에서 깨어나길....

* 팔불출의 서"

새벽부터 이슬에 젖네

이슬은 새벽에만 내리는 것이 아니네
늦은 밤에도 이슬은 내리고
가랑비에 옷 젖듯
온몸은 천근만근...
자식새끼 배 주릴세라
내 입은 반쯤 닫고
숭늉으로 배 채우니
뉘라 알랴.. 어미"의 하루를...
고등어 대가리는 당신이 좋아서
먹는 줄 아는
철부지투성이니
아서라!
이내들 사라지면 그대가 등짐을 질 건가...?

뉘라 이 설움을...

노동에 젖은 몸

가난에 젖은 마음

지금 22세기, 그 마음 쌓이고 쌓여

한"이 되고 설움" 되어

끝내 삶을 포기할까 두려우이..

빈부의 영속성!

끝내 잃어버린 삶!

그리고 남은 것은 병든 몸!....

* 지나친 노동과 가난은 되풀이 될수록 불행해진다..

　삶을 비관하고 부정하기 때문이다

　사회적 책임을 물을 곳도 없으니....

닭도 개도 두 마음을 갖진 않는다

인간처럼 쉽게 변하고
인간처럼 다중적인 동물은 없다
이것이 인간일진데...
기대하는 자가 어리석은 것이다
인간관계에서 바로 그 기대감으로 인해
서로가 상처받는다는 사실을 알아야 한다
관계 맺음"이란 그러하다
조금은 즐겁고,
조금은 기쁘고, 조금은 행복하다
그러나 크게 슬프고
크게 한숨 지며
크게 상처받는 관계이기도 하다
감싸고, 안고,
편들기보다는 이해"하라!
단지 이해"의 눈 하나면 족할 것이다...

초가

등불은 벌써 꺼져
어두움만 남은 벽엔
달그림자 숨어든 듯
나뭇가지 나불대고
한 가지 휘어 벽 위에 걸어두니
겨울밤 달님은 어찌 그리 고운고.....

겨울바람

바람이 불어도 너무 불어
이러다 우리 집 날아가 버릴까
은근 조바심이네
얼기설기 엮어놓은 댓잎 지붕은
작년 봄바람이 신고 가더니만
아직은 봄도 오지 않았는데
기둥뿌리 흔들리네
빨간 벽돌 무거운 기와집이야
이 바람도 자장가 아니런가..!
갈댓잎 엮어놓은 촌부의 고샅방은
바람 앞에 등불일세... 꺼이꺼이

어디선가 본 글

우리가 고통스러운 것은
누군가가 우리보다
비도덕적이었기 때문에
생긴 수단이다

꿈

꿈에 젖지 말라
꿈을 파는 자 있으니...
꿈속에 상처 되어 세상 밖 바라보아도,
그대 스스로
꿈속에서 깨어나지 않는 한
그 꿈속의 상처
아물지 못하리니.....

목줄(1)

오랜 과거로부터

길들여져 온 관념 덩어리들로 인해

알 듯 말 듯

그대의 목덜미에는 목줄이 채워져 있음을...

뉘라 그것으로부터 자유로울 건가?

지금 이 순간도 그대의 목덜미가

비어 있지 않음을 나는 본다....

목줄(2)

개도
소도
말도, 목이 묶이면 발버둥 친다네
그러나 서서히 적응이 되면
목줄을 풀어놓아도 달아날 줄을 모르지...!

목줄(3)

보석으로 치장된 목걸이와

개 목걸이의 차이..?

값의 차이일 뿐...

구운몽

불 땔 시간이다.

이 추운 겨울밤을 따듯이 보내기 위해서

아궁이에 불을 넣어야 한다.

시절이 좋아 환풍기, 아니 흡출기라 한다.

전기만 꽂아놓으면 어느 때든지 아궁이에

불 때는 일이 가능하다.. 강풍이 분다 해도... 낄낄.

그 예전에는 바람의 방향과 기압의 영향에 따라

아궁이에 불 때는 일이 쉽지 않았다.

역풍에 의해 불꽃이 아궁이 밖으로 밀려 나오면

화상과 화재의 위험도 크려니와

아무리 나무를 많이 넣어도 방구들이 달궈지질 않아 추운
밤을 보내야 했단다.

당연히 땔감도 흔치 않았던 시절이었지..

전기가 들어오고 전자제품이 만들어지고

흡출기가 등장함에 따라 온돌방도 제구실을

톡톡히 할 수 있는 시절이 되었다는 말씀이다.

홉줄기만 꽂아놓으면 제아무리 강풍이 분다 해도

1) 불꽃이 잘 빨려 들어간다.

2) 온돌방 구석구석을 뜨끈하게 데워놓는다.

3) 그리고 가족들이, 혹은 연인들이 따끈따끈한 온돌에 몸을 맡기고 깊은 잠(?)을 잘 수가 있단다.

그리고 그대도 나도 맹글어졌고..ㅋㅋ

모두가 알고 있는지는 모르겠으나 온돌의 효과는 숙면 건강에 으뜸이라 할 수 있지..

그것도 자연석으로 깔아놓은 구들장은 온돌중의 으뜸이라 할 수 있다네.

자연석에서 방출되는 이온의 열기가 따끔따끔한 것이 온몸에 침을 맞은 듯 시원하고

자고 일어나면 머리가 그지없이 맑아지고

온몸의 피로가 눈 녹듯 사라지며 피부에 땀방울이 송글송글 맺히는 것이 몸속의 노폐물을 몸 밖으로 배출한다는 사실...

아마 모두는 알지 못할 것이고... 그래서 이러한 정보를 제공하는 것이니 잘 활용해 보시라... 어디 그뿐이랴 아궁이 위에는 커다란 가마솥을 걸어놓으니 물을 끓일 수 있고 함지박에 퍼담아 적당히 물 온도 맞춰가며 아궁이 앞에서의 목욕

삼매라...

눈 내리면 흰 눈에 몸을 싣고, 비 내리면 빗소리에 마음 싣고... 캬~ 세상의 온천, 사우나탕이 하나도 부럽지 않다는 것이다.

어디 그뿐이랴.. 적당히 몸을 불리고 나면

김 동지 등장, 이태리타월 양손에 끼고 등판을 벅벅 문질러 주면 으히히 그 기분이야.....

열락이 따로 없다. 난 천국이 따로 있다 해도 아니 가련다. 지금 여기, 바로 이곳이 천국이 아니던가..? 김 동지가 나의 천사며 아궁이 있는 부엌이

천국의 별장일진데 뭔 돼먹지 않은 천국 타령을 할 건가...? 어디 그뿐이랴.

아궁이 불이 사그라질 즈음해서(숯이 되어가는 과정) 감자 두 알, 고구마 두 알, 재 속에 묻어놓고

숯불 긁어모아 양미리며 꽁치 두어 마리 노릇하게 구워내면 막걸리 목 넘어가는 소리가

금강산 송악계곡 칠 선녀들의 노랫소리와 같고

재 속에 묻어둔 감자, 고구마 꺼내어 굵은 소금 살짝 얹혀 한입 베어 물면

천하의 주인이 뉘인고.. 한다.

때론 벗이 있어 무릎 맞대고 한잔 더 하면

두보와 이백이 예 있노라.. 하니

세상에 이보다 더 아름다운 삶이, 부엌이, 아궁이가 어디 있을꼬...!

이건 구운몽이 결코 아니니 그대들도 도전해 보시라... 삶은 용기 있는 자에게 그 속살을 보이며

용기 있는 자만이 아궁이 앞에 앉을 수 있느니....

용기 중의 으뜸은 비울 수 있는 용기가 아니겠는가...?

김 동지

김 동지 왈

부부가 나이 들면 전우애(?)로 산단다 깔깔깔.

그래서 안해(마눌님)를 김 동지로 부르기 시작했다. 나는, 어이~ 최 동지가 되었고...

생각해 보면 그럴듯한 발상이다.

세상살이를 전쟁통에 비유한다면 말이다.

그러니 살아남기 위해선 전우애로 똘똘 뭉쳐야 할 것이고.... 가족은 이미 전우가 되어 있으니 호칭도 동지로 바꿔 부르는 것이 그리 어색하지만은 않다(아직 젊다면 부부애로 살아라..ㅎㅎ).

동지"란 단어가 주는 어감이 다음 내용에서 느껴지듯이 전사"적 표현으로 나타난다..

존재의 의미는 싸워서 살아남는 데 있다 해도 과언이 아닐 것이다.

종교와 철학도 시궁창에 처박힌 인생은 돌아보지 않는다.

세상은 냉정하며 냉철하다.

이미 그들은 패배자이기 때문이다.

살아남는 것"은 존재계의 절대의식이다.

이미 우리의 유전자 속에는 이 절대적 암호를 숙지하고 있다.

따라서 "살아남는 것"은 주어진 삶의 책무를 다하는 것이다.

물론 "살아남는 것"에도 질의 차이는 있다.

어떻게 살아남는가?

어떤 삶이 미쳤고, 어떤 삶이 온전한가..는

스스로 판단할 문제다.

살아도 산 것이 아니라면 잘못 산 것이다.

죽어도 죽은 것이 아니라면 잘못 죽은 것이다.

적어도 인간이길 희망한다면

삶에 대해 사유"해 보아야 한다.

* 부부애든 전우애든 그것은 사랑이 그 바탕을 이룬다....

바람 불어요

정월 초저녁

메마른 앞마당에 바람 불어요

한 달 내내 눈비 한 방울 없더니

바람도 마른 바람일세

삶과 삶의 껍질이 벗겨지고

더 이상 감출 것 없어 나신이 되었네

인연이래야 먼지 한 줌에 불과한 것,

정월 바람 스스로 불어오고

능선 넘어 구름장도 형체가 없을진대

뉘라 뉘를 이르랴....!

창가에서

아직

봄 햇살 가득 머금진 못했지만

찬 바람 머무는 창가에

이른 아침 해가 반가워

커튼을 걷었다네

2월

겨울을 이고 있는 햇살일지라도

내 가슴엔 이미 봄이 아닌가..?

봄은 거듭남이요 부활이다

그대의 창가에

햇살이 가득 부어지면

오호라 정녕 이 추운 겨울에도

노래 부를 수 있으리....

봄이 오면(1)

나는 이미 봄이네
그대 아직 봄 아니신가..?
산비탈 볕 드는 마당 한편에
강아지들 옹기종기
해바라기 삼매라...
추운 겨울엔 몸도 얼고 마음도 얼지
행여 겨울바람 거세지면
괜한 걱정 밀려와...
산길 오르는 님
고운 꽃신 벗겨질세라
터벅터벅 마중 나가보지.....

봄이 오면(2)

바람도 날이 선 듯

창문을 스치면

가지 위 소복하던 은빛 가루 쏟아져

동죽 밑에 뒹굴던

강아지 눈썹 위에

하얀 겨울 남기네

난 이미 봄이네

그대 아직 봄이 아니신가..?

겨울바람 잔잔하여

댓잎소리 숨죽일 때

그 곁에 머물면 늘 봄이라...

아직 이른 춘삼월은 등 너머 있어도

내 맘은 이미 봄.. 늘 봄이라..

아직 그댄 봄 아니신가...?

매화

까맣게 잊고 지나치던
길섶 매화 한 그루...
잊지 말라고
톡톡!
날 보라고 톡톡!
꽃망울로 손짓하지...
어제
그제는 꽃망울로 노래하더니
지난밤 겨울비 내린 후엔
희고 고운 얼굴 내밀어
수줍음도 마다치 않고
나 보란 듯하시네

봄이 오면(3)

유난히도 추웠던 지난겨울입니다

산과 들이 얼어버렸고, 우리네 가슴들도

얼어버렸습니다

마스크는 필수품이 되어버렸고

산행 중일지라도 서로를 피하게 되고

의심의 눈초리로 바라봅니다

날이 더해갈수록 피해는 산처럼 쌓여가고

여린 이들의 가슴에는 상채기가 커집니다

직장과 일자리를 잃어 하루하루의 삶이

그저 고달플 뿐입니다

정부 지원금이라야 병아리 눈물만큼이니 그저 목숨이나

부지할 수밖에...

"이 또한 지나가리라"....

언제나 지나왔고 또 지나갈 것입니다

상채기를 안은 채.....

이 몫 또한 서민들의 몫이겠지요

봄은 다가오고 있습니다

다행히 백신도 보급되고 있네요

점차 나아지겠지요

따스한 봄 햇살에 잠시라도

몸과 마음을 맡겨볼까요..

우리는 또 살아낼 겁니다

입춘에, 우수에

경칩까지.. 반가운 소식들만 남았네요

개구리 입 벌릴 때 즈음이면

새봄 속에서 또다시

밭일 들일 땀 흘릴 수 있을 테니까요....

* 인생에 겸손하다는 것은 아름다운 일이다

그러나 인생을 이해"한다는 것은 더욱 겸허해지는 일이다

사랑하고 사유하라... 이는 둘이 아니니....!!

사유
에세이

초판 1쇄 발행   2024. 7. 29.

지은이   최윤덕
펴낸이   김병호
펴낸곳   주식회사 바른북스

편집진행   김재영
디자인   배연수

등록   2019년 4월 3일 제2019-000040호
주소   서울시 성동구 연무장5길 9-16, 301호 (성수동2가, 블루스톤타워)
대표전화   070-7857-9719 | **경영지원**   02-3409-9719 | **팩스**   070-7610-9820

•바른북스는 여러분의 다양한 아이디어와 원고 투고를 설레는 마음으로 기다리고 있습니다.

이메일   barunbooks21@naver.com | **원고투고**   barunbooks21@naver.com
홈페이지   www.barunbooks.com | **공식 블로그**   blog.naver.com/barunbooks7
공식 포스트   post.naver.com/barunbooks7 | **페이스북**   facebook.com/barunbooks7

ⓒ 최윤덕, 2024
ISBN 979-11-7263-071-3 03810